차례

시의 소재를 자연과 사회문화현상에서
찾아내어 혼을 불어 넣었다

　해가 바뀌면 으레 문학잡지에서 날아온 원고 청탁서를 받아보게 된다. 그때마다 한참동안 망설이다가 결국 써 보낸다. 또 한국문협, 국제펜클럽에서 꿈에 떡 보듯 오는 경우도 있다. 이렇듯 게재된 시편들이 늘고, 또 틈틈이 썼던 것을 정리해 보니 55편이 되어 출간한다.

　오래 전, 어디선가 보았던 시에 대한 명언이 기억 속에서 어렴풋이 떠오른다.

　당나라 위대한 시인 백거이는 시(詩)란 "정을 뿌리로 하고, 언어를 싹으로 하며, 운율을 꽃으로 하고, 의미를 열매로 한다"라고 했다.

　또 T. S. 엘리엇 시인은 "위대한 시인은 자기 자신에 대해 쓰면서, 동시에 자기 시대를 그린다"라고 했다.

　전자는 시의 의미를 해석해 주었고, 후자는 시의 소재 선택을 가르쳐 준다. 따라서 두 시인의 말을 음미하면서

시작(詩作)하는 데 있어 보탬이 된 것 같다. 특히 우리 사회에서 이슈가 된 사건사고를 나름대로 해석하여 작품으로 승화시켰다. 따라서 "시의 소재를 자연현상과 사회문화현상에서 찾아내어 혼을 불어 넣었다. 또한 토씨 하나하나 오탈자 등도 꼼꼼히 살펴봤다. 그래도 오류가 발생한 경우, 퍽이나 속상하다.

끝으로 해설을 해준 이수화 시인과 서평을 해준 호창수 님께 깊은 감사 말씀을 드린다.

2017년 12월
인천광역시 남동구 선수촌에서 노고 **박정필**

새 봄의 햇살처럼

박정필 제5시집

BⁱᵍG 북갤러리

박정필 제5시집
새봄의 햇살처럼

초판 1쇄 인쇄일 2018년 1월 29일
초판 1쇄 발행일 2018년 2월 5일

지은이 박정필
펴낸이 최길주

펴낸곳 도서출판 BG북갤러리
등록일자 2003년 11월 5일(제318-2003-000130호)
주소 서울시 영등포구 국회대로72길 6, 405호(여의도동, 아크로폴리스)
전화 02)761-7005(代)
팩스 02)761-7995
홈페이지 http://www.bookgallery.co.kr
E-mail cgjpower@hanmail.net

ⓒ 박정필, 2018

ISBN 978-89-6495-109-5 03810

이 도서의 국립중앙도서관 출판시도서목록(CIP)은 e-CIP홈페이지(http://www.nl.go.kr/ecip)와
국가자료공동목록시스템(http://www.nl.go.kr/kolisnet)에서 이용하실 수 있습니다.
(CIP제어번호 : CIP2018002226)

새봄의 햇살처럼

제1부

가을 편지

더위가 머물다간 길섶에
가냘프게 흔들리는 코스모스가
그리움의 신열로
온몸이 불덩이입니다

산바람 한줄기를 따라 온
은은한 풍경소리가
시인의 사유 늪에 스며들어
배고픈 시를 써야 합니다

허리 휜 농사꾼 누이가
자식처럼 길러낸
새콤달콤한 머루포도 향기가
현관문을 살포시 노크합니다

싱그러운 청춘시절
첫사랑의 그림자 하나가
잿빛가슴 언저리에서
남모르게 서성입니다

아파트 이웃

아찔한 고층아파트
27층 공간에
둥지 튼 4세대

한편에
이순 부부 두 세대

다른 한편에
불혹 부부 두 세대

헐렁한 통로에
흐르는 차가운 냉기류

승강기서 마주쳐도 무심한 눈빛
조개 입처럼 굳게 닫힌 마음의 문

너는 너
나는 나
냉철한 에고이즘 대립각

오늘따라
고향땅 풀꽃향기가 더욱 그립다

고향은

유년시절
추억의 보고(寶庫)

청년시절
부모의 안부편지

장년시절
그리움의 샘물

노년시절
영혼의 안식처

시는 향기로운 꽃이다

시는
꽃밭의 꽃이다
채송화
해바라기
나팔꽃
코스모스
봉선화…

저마다
빛깔도
향기도
치수도
생김새도 다르지만

만인의 가슴을 흔드는
금빛 아모르이고
온누리에 적시는
새봄의 햇살이다

모정의 영별

백수 코앞에 둔 모정
햇살 배어 든 창가의 병상에서
고요 속 와불처럼 누워있다
외꽃처럼 노란빛 띤 여윈 얼굴
간간이 고통스러운 신음소리에
명치끝이 시려온다
한 평생을 여장부처럼 살아온
팔팔한 의지가 풀잎처럼 시들고
미세한 찬 기운에도
호롱불처럼 흔들리는 가느다란 숨결
한 해 동안 처절하게
간암 덩어리와 기운껏 싸우다
끝내 힘이 부쳐 방점 찍은 어머니
그 곁에서 임종을 지켜 본 고희 아들
하늘이 무너지고 땅이 꺼진 혼돈
대갚음 못한 큰사랑이 빚이 되어
천만근 무게가 어깨를 짓누른다

봄 엽서

동장군 기세가 한풀 꺾인
잔설 덮인 산하에
초록숨결이 가빠지고 있습니다

강남제비는 망망대해 건너와
처마 끝에 둥지 틀고
신혼살림에 깨가 쏟아집니다

개나리는 양지바른 뜨락에서
가냘프게 흔들리는 가지마다
노란 리본을 촘촘히 매달고
그윽한 향기를 날립니다

두견새가 밤새껏 피 토해 울면
진달래는 애달픈 사연에
피눈물을 온통 쏟아내어
산자락을 붉게 적십니다

야류강* 1

내 상념 속에
고려 여인 혼령들이
노랑나비 떼처럼
훨훨 날아든다
속살 훤히 비친 강심은
천년세월 침묵으로 흐른다
역사 뒤안길로
사라진 몽고 제국
그때 그 시절
한반도서 온 아낙네들
강가에 나와 목욕재계하고
둥근 달 뜬 강 언덕에서
애달픈 주문 걸며 귀향소원 빌었지
지금도
밤 깊어질수록 잠들지 못한 강
옛 원혼들 쏟은 눈물이
전설의 야류강 되어
남쪽으로 끝없이 흘러만 가고 있다

*야류강 : 내몽고 자란둔시 북쪽에 위치하고 있는 강

야류강 2

산 그림자가 품고 있는
기다랗게 누운 강줄기
어른 가슴 아래쯤 깊이에
숨 가쁘게 달리는 물길
그 위에 고무보트 띄워
짜릿한 쾌감에 젖어
터져 나온 청춘남녀 함성들
분수처럼 산산이 흩어진다
밤마다 강에는
별꽃들의 축제다
야류강에서
사랑을 다짐하면
흐르는 물결처럼 영원하다
설령
바윗덩이가 가로막아도
가는 길을 멈추지 않고
제살을 찢고라도 넘어간다

가을 서정

그 누가
곱게 쓴 하늘일까
끝없이 펼쳐진 저 파란 공간에
붓 끝에 먹물 찍어
시 한 수를
써보고 싶습니다

그 누가
지른 산불일까
고요히 타는 단풍의 황홀경을
오색찬란한 물감 풀어
수채화 한 폭을
그려보고 싶습니다

시인은

시인은
남이 웃을 때
눈물 흘리며 슬퍼해야 하고

또 시인은
남들이 무심코 넘어갈 일에도
깊이 고민하는 애처로운 존재

그리고 시인은
남들이 '낭만적인 신사'라고 부르지만
시상(詩想)의 불씨가 꺼질세라
구슬땀 흘리며 풀무질을 해야 한다

제2부

조선족 박씨 아지매

1

일제가 조국을 침탈하여
뒷목덜미를 쥐고 흔들던 시절
굶기를 밥 먹듯 하던 박씨 아부지는
만주 가면 허기를 채운다는
세간의 풍문 새겨듣고
고향 울산에서 봇짐 하나 달랑 메고
추위가 풀리지 않는 압록강을 건너갔었지
낯설고 물선 땅 생소한 터전
흑룡강성 치치알시 변방 명성촌에
바람처럼 들어가 한핏줄기 반쪽 만나
비옥한 농토에 씨앗 묻고 거두면서
삼시 세 끼 거르지 않고 배불리 살았지만
문득문득 떠오른 향수에 눈시울 적셨지

2

시대 변화의 불감증으로 잃어버린
한겨레의 옛 땅 곳곳
민들레 홀씨처럼 흩어진
가느다란 숨결끼리 온기 나누면서
우리 고유의 전통문화를
고스란히 간직한 박씨 아지매
능금처럼 익어가던 24살 때
내몽고 칭기즈칸읍 홍광촌에 사는
농사꾼과 백년해로 맹세하고
등골 휘도록 농사일만 거두면서
세 자녀를 올곧게 키워냈었지

3

한중수교 9년째 접어든 해
조국에 어렵사리 들어와서
눈부신 발전상에 넋을 놓은 채
온종일 막일 잡역에 파묻혀도
고단한 줄 못 느끼며
늘 설레고 신명났었지
자유와 풍요를 만끽할 무렵
꿈같은 귀화길이 열려 운 좋게
대한민국 주민증 쥐고 천만금 얻는 양
온 가족이 얼싸안고 기뻐하면서
환희의 눈물을 펑펑 쏟아냈었지

4

어느덧 민족혼을 일깨우고
든든한 울타리로 이웃되어
풀꽃같이 은은한 향기 날리며
'이제 죽어도 원이 없다'는
뼈있는 한마디가 가슴시리다
늘그막에 밀물처럼 밀려드는 행복
하늘하늘 코스모스처럼
여린 여심 박씨 아지매
새봄의 햇살처럼 훈훈한 인정미
때 묻지 않는 미소가
깊은 주름살에 스며있다

박꽃

다소곳한 미소가 울타리에 걸터앉아
그윽한 향기를 빈 하늘에 가득 채우며
강렬한 흰 빛깔이 맑은 동공을 찌른다

노인 실루엣 1

우리네 인생살이
'생로병사'는
비켜갈 수 없는 천칙天則
누구든지
풀꽃처럼
흔들리다가
끝내
고즈넉이
떨어지는 낙엽이다

노인 실루엣 2

해마다
뒷산에 두견화 피고지고
날마다
새들도 찾아와 지저귀면
가족처럼 정겨워진다
나 홀로
손바닥만큼 한 빈터에
무공해 채소 가꾸고
허술한 집 한 켠에
갈잎 같은 몸 의지한 채
책 읽고 글 쓰며
풍류랑처럼 살면서
삼시 세 끼 거르지 않는다면
이게 노년의 행복이 아닌가
더 이상 것 바란다면
부질없는 허욕이다

알룡산*

두 마리 용이
살갑게 살았다는 전설이
산이 된 청도 알룡산
두 팔 크게 벌린 가슴에
옥빛 맑은 물이
넘치도록 가득 차다
여름 한낮에도
손 바가지 만들어
떠 마시면 혀끝이 시리다
산등성 봉우리마다
전설 걸린 기암괴석들
보고 또다시 쳐다봐도
신비스런 운치와 풍경에
잠시간 정신 줄을 놓는다
전생의 인연이 있었던가
현세의 첫 만남으로도
포근한 산자락에 잠들고 싶다

하지만
재회를 기약하면서
되돌린 무거운 발길에
아쉬운 여운이 걸린다

*알룡산 : 중국 산동성 청도시에 위치한 산

다문화가족

오직 사랑 하나 믿고서
한민족 품에 안긴 숨결들

낯설고 물선 땅에 정성껏
꿈 씨앗을 묻었습니다

아직은 한국말이 어눌하지만
티 없는 마음결 곱디곱습니다

하늘서 맺어 준 천생연분
생의 최고 가치로 여긴 일편단심

서로가 힘이 되고 부부애 지피며
시부모의 효 향기는 만 리를 갑니다

아이들 푸르고 늠름하게 자라서
함박웃음 터진 다문화가족의 축복

이제 한반도의 당당한 주인으로서
한 점 후회 없이 행복감에 젖습니다

귀한 할머니

이웃에 둥지 튼
귀한(歸韓) 중국교포 박씨 할머니
훈훈한 인정미
애교 넘친 말솜씨
가끔
'매너 뿌하오(不好)'* 농(弄)걸면
화들짝 화내며
티격태격하다가도
금세
천연덕스럽게 웃고 만다
그래서
소꿉동무 같은 곰살맞은 박씨 할머니

*매너 뿌하오 : 태도가 좋지 않다

한가위

토방에 걸터앉아 바라본
진달래꽃 추억 서린 앞산이
만삭된 몸으로 힘거워하더니

한민족 큰 명절 한가위에
튕겨 나온 쟁반 같은 하얀 달
휘영청 높이 떠 온 세상을 밝혀준다

모정은 몸소 목욕재계하시고
대추 밤 사과 배 감 햇밥 식혜 송편…
넉넉하게 가득채운 차례상 차려놓으면

잠시 일상 접고 돌아 온 핏줄기들
조상님께 넙죽이 큰절 올려 소원 빌고
도란도란 가족애 지피며 온밤을 사른다

아내 1

연리지가 된지
엊그제 같은
아련한 생각줄기

어느 틈에
노을빛 드리우니
공허감에 젖는 두 영혼

하지만
함께한 금빛세월
별천지가 따로 없다

아내 2

60줄 아내
세월의 무게에
목에 감긴 주름살

머리 숲은
칠팔월 햇살에도
녹지 않는 하얀 눈밭

아직도
마음결은
하늘빛처럼
푸르기만 한데

어느덧
휘어진 등 뒤로
시린 바람만 스쳐간다

제3부

섬마을 고향 1

섬마을 고향은
소름이 돋아난
눈썹달 걸린 공동묘지

산기슭에 체온 끊긴 옛집
볼품없는 민속품처럼
힘겹게 서 있다

속살 파헤친 옥토에
코끝을 쥐게 한 폐수가
독사처럼 기어가고

올챙이 잡던 냇가 메워
치패양식장* 지어놓고
황금알 쏟아 낸 이색지대

그리운 유년의 추억
뿌리째 뽑혀 나간 채
나는 이미 이방인이다

*稚貝養殖場 : 새끼 전복을 키우는 건물

섬마을 고향 2

움푹 꺼진 눈두덩이
세월의 무게만큼 깊이 패이고

보릿고개가 태산보다
높았던 시린 기억을

도란도란 꽃피우며
일상을 사른 어옹들

청해진* 옥빛 바다서
건져올린 전복 노다지로

천년 허기를 벗더니
목 줄기를 꼿꼿 세우고

신명난 듯 실성한 듯
들썩이는 갈꽃섬*

*청해진 : 전남 완도군의 옛 지명
*갈꽃섬 : 땅 끝 앞에 위치한 노화읍(蘆花邑)을 지칭

섬마을 고향 3

옛집서 몸 푼 하루
코끝에 감긴 갯내음
예나 지금이나 여전하다

수평선 저편으로
물새 떼 화려한 군무는
짜릿한 공간예술이다

이른 아침에
해맑은 웃음이 터진 우물가
지금은 콘크리트 포장으로 감춰지고

개구리 울음소리마저도
사라져버린 고향은
이미 낯선 땅이 되었다

섬마을 고향 4

해초향기 흐르는
남도천리 섬마을 고향

할아버지가 지으신
허름한 정든 옛집

그 뒷켠에
고희 넘은
두 그루 유자나무

해마다
가을이 찾아오면
노란 향기가

뭍으로 흩어진
그리운 옛 가족을
물어물어 찾아간다

섬마을 고향 5

정 넘친 사람들
북망산천에 누워있고

낯선 눈빛들
한줄기 찬바람 되어
가슴을 헤집는다

손 흔드는 간이역처럼
멀어져간 노스탤지어

시나브로 풍화돼 가는
어릴 적 추억

황혼의 언저리서
배설 못한 언어들이
목마름으로 타고 있다

섬마을 고향 6

아낙네들 호사가 되어
남의 말 생각 없이
입방아 찧는 소리

유리창이 깨어질 듯
시끄럽고 시골스럽다

정겨움보다 외려 두려운
소인국에 온 것처럼
이상하고 생경스런 분위기

코흘리개들 어부가 되어
바다서 건진 쩐 맛에
징하게 궤란쩍다

언제쯤
순백 같은 천심들이 돌아올지
부질없는 상념만 깊어간다

장보고 숨결

육지 한 자락 잘라내
크고 작게 토막내어
쪽빛바다 곳곳에 뿌려졌다

그곳에 가면
짭조름한 해조류향기에
코끝이 벌름거린다

아득한 옛적부터
무역선에 해산물 가득 채우고
조류 따라
별빛 쳐다보고 방향 헤아리며
해상 비단길을 열었던 무역왕 장보고

한줄기 바람이 멈춰서면
어깻죽지가 빠져나갈 듯
주야장천 노를 젓고

다시 바람이 불어오면
힘 모아 황포 돛 높이 올려
거센 파도 쪼개며
생사를 넘나 든 먼먼 항해

잉걸불처럼 달귀진 열정으로
풍요의 꿈 키우며
널따란 남해 해상권 거머쥐고
해적무리도 소탕하였다지

하지만
빛난 공도 아랑곳없이
조정의 강경파가 꾸민 음모에
팔랑귀 달린 신라왕이 보낸
자객 염장의 비수에
역사의 뒤안길로
사라진 큰 별 하나
천년세월 흐른 뒤
청해진 장보고의 후예들

조상의 빛난 얼을
불꽃처럼 밝혀두고
뼛속 깊이 박힌
허기의 가시를 뽑아냈었지

풍성한 섬마을마다
술 향기에 흠씬 젖어 덩실덩실
어옹들 춤사위가 흥겹다

대낮에도 가로등이 뜬 눈으로 졸고
멋진 양옥집 마당에 고급차가 대기하며
방마다 지구촌 소식들이
온종일 봇물처럼 넘쳐나고 있다

어머니 1

꼬마둥이가
'엄마' 하고
부른 소리만 들어도
뼛속에 사무친 그리움
절절한 보고픔으로
가슴이 쪼개진다

어머니 2

백수의 코앞에서
삶을 고이 접었어도
문득문득 어머니 생각
늘 죄책감의 무게에
고희 아들은
칼날에 베듯이
온몸이 아리다

풀꽃

새봄의 꽃 잔치에
초대받지 못한 풀꽃들
비탈진 곳에서도
화사하게 웃지만
어찌 저마다
아픔이 없겠느냐
바싹 다가가서
눈빛을 맞닥뜨리면
깜찍하고 앙증스럽다
꽃술에 뺨을 비비니
진한 향기가
와락 끌어안았다

제4부

팽·목·항

1

먼동이 틀 무렵
팽목항은 잠에서 깼다

골든타임이 잘려나간
위기의 순간에도
마냥 설렌 청춘영혼들

어느 누군가도
생사의 기로에서
손잡아 주지 못한 채

눈앞서 수장시킨
미증유 세월호의
부끄러운 비극

꿈결에서도
뼈에 사무치는 그리움이

가시처럼 폐부를 찌른다

2

물에 흠뻑 젖은 아이들
환영에 포박당한 채
피눈물이 마르지 않는 슬픔

죽음보다 더한 트라우마 장애
쪼개지고 무너진 일상

하늘만큼
커다랗게 비쳐진 빈자리에
눈물의 강이 흐르고

기억의 언저리
'살려 달라'는 피맺힌 절규가
귓가에 활처럼 꽂힌다

촛불 생각 1

촛불들이 광화문 앞에 서면
한 뜻 한 마음 하나가 되어
평등 공정 정의를 꿈꾸면서
민주주의 새 길을 열고 있다

촛불 생각 2

촛불은 위기를 알린 봉화불이다
촛불은 어둠을 태우는 잉걸불이다
촛불은 자유와 평화의 모닥불이다
촛불은 용기 있는 정의의 등불이다
촛불은 소통하는 화합의 횃불이다

촛불 생각 3

촛불은 한숨소리다
또한 대성통곡이다
게다가 처연한 절규다
그뿐만 아니라 피울음이다
그리고 거부의 함성이다
그밖에도 분노의 아우성이다

소녀상 1

어느 날엔가
일본 대사관 여백에
시간이 멈춰 선 소녀가
우두커니 의자에 앉아서
무슨 생각을 지필까
참혹한 일제 침략기
피눈물 적신 만지장서(滿紙長書)
그 속에 흐른 슬픔과 아픔
누군가
그들의 피눈물을
닦아주지 못한 채
친일파의 비열한 야합과
일본 극우정치인의 교활한 꼼수가
역사적 사실마저 생매장하고 있다

소녀상 2

일제 암흑기 기억 언저리
피어보지 못한 꽃망울
한恨 맺힌 인고의 세월
그들 만행에 정신적 장애 앓은
호롱불 같은 위안부 피해할머니
아픔을 호소해도 우이독경
강자의 논리로
진실이 외면당한 마당에
애국애족의 영혼 없는 친일파 여교수가
일본 극우 정치인들 주장을 담아
'제국위안부' 이름의 책을 엮어서
철천지원수가 한풀이하듯
그들의 가슴에다 대못질하였다지
여태껏 일본은
역사적 책임마저 고개 흔들며
사나운 발톱을 세우고 있는데…

어찌 잊으랴

– 세월호 참사에 부쳐

1

2014년 4월 16일 아침 진도 앞 맹골바다
선주의 원죄 실은 노쇠한 세월호에
제주로 수학여행길 오른 꿈의 씨앗들
그 절박한 순간에 '엄마아빠' 부르며
돌아오지 못할 길을 떠났지
무책임 무능한 뱃사람들 해경마저 어설픈 초동대응
미증유의 떼죽음 치욕 그래서 인재다
어찌 잊으랴 어찌하여 죽었느냐
이 땅은 이미 실종된 인본주의
지금 다들 불안시대를 걷고 있다

2

아비규환의 현장에서
그 누구 하나도 손잡아 주지 못한 채
304인 생매장시킨 참극
세월호의 악몽은 유족의 피눈물이다

그리워지고 죽도록 보고 싶다
미안하다 용서해라 이 말밖에 할 말이 없다
172인 생존자도 트라우마에 시달린다
땅이 흔들리고 하늘이 휘청인다
늘 시린 맥박들이
세월호처럼 침몰하고 있다

3

새떼처럼 지저귄 고운 목소리
꽃처럼 밝고 환한 미소
이제 이승에서 볼 수 없는 얼굴들
서울광장 잔디밭엔
나뭇가지에 촘촘하게 매달린
소망 새긴 노란리본이 애절하게 나부끼고
돌아오지 못한 자를 위해
노란 종이배 접어 띄웠다
너희들은 떠났지만 우리는 보내지 않았다
세상은 온통 울음바다가 되었다

이어도 1

옛날 옛적 어느 날
한라산 봉우리서
튕겨 나간 살 점 하나
마라도 끝자락에 떨어져
제주사람들 가슴에
환상의 섬이 되었지
시공을 뛰어 넘어
우리의 높은 기술로
바다 속에서 끌어내어
숨결을 불어넣고
피를 돌게 하여
온 국민 명의로
한반도 남쪽 끝
수문장으로
임명장을 수여한다

이어도 2

긴 세월의 모서리에
꺼지지 않는 불씨 하나
제주도사람들
대대로 이어 온
피안의 섬
끝내
깊은 바다서 건져낸 신화는
금빛보다 더욱더 찬란하다
이제는
한겨레와 더불어
영원불멸하리라

섬은 외롭지 않다

어둠에 간힌 마그마
처절히 몸부림치다
바깥세상으로
튕겨 나온 잉걸불
억겁 세월을 사르면서
차츰차츰 신열이 내리고
풍화와 침식을 거듭한 끝에
섬이라고 이름 붙여주었지

해마다
외눈박이 태풍이
분노한 해신처럼
그 기세와 심술로
곳곳에 상처내고
어부들도 홈쳐갔었지

아픔이 스쳐갈 때마다
더더욱 성숙해진 섬은
고독의 상징

빈곤의 대명사처럼
대대로 이어오다

불모지 같은 바다를
옥토로 일궈내어
불명예를 털어내고
고단한 긴 여정에
마침표를 찍었지

제5부

봄기운 감돈 겨울왕국

자유 기지개를 켜지 못하고
평등 싹을 자른 서슬 퍼런 겨울왕국
한민족은 누구든지
어디서나 누리고 싶은
천부적인 권리가 짓밟힌
최악의 인권 사각지대
비판하면 정치수용소에 가두고
탈출하다 걸리면 생명줄 자른
폭정에 시달리면서
장님으로
벙어리로
귀머거리로
숨죽인 맥박들
이제 한물간 주체사상은
차츰차츰 허물어가고 있다

민초의 꿈 남쪽서 피다

무늬만 민주주의 공화국
속살은 반민주
일상의 언저리
타는 목마름
보채는 허기
침묵만 강요한 주체사상에
영혼마저 박제된 채
찌들고 멍울진 민초들
문명 이기서 쏟아진
지구촌 소식들이
잠든 의식을 흔들어 깨워
죽음을 무릅쓰고 빠져나와
남쪽 따뜻한 품속에 안긴
위대한 단군 후예들
긴장의 끈 풀고
자유나래 활짝 펴고
넉넉한 풍요도 실컷 맛보면서

북쪽에서 피우지 못한 꿈

진한 향기로

아름다운 빛깔로

활짝 피어낸다

한반도의 현주소

1

한민족 삶의 터전에
일제의 깃발이 내려지자
정치인들은 기다렸다는 듯
이념 앞세워 티격태격 다투다
끝내 외세를 등에 업고
야만의 광기로 저지른 6·25전쟁
동족상잔의 참극으로
한반도를 선혈로 적셨지

2

혈육과의 생이별
이산가족 아픔에 눈감는
주체사상 맹신자들
적화망상 접지 않는 채
핵폭탄을 만들어
윽박지르고 겁박하는

일그러진 3대 세습 김씨 왕조
지구촌의 깊은 시름이다

3

뒤틀린 남침야욕
가보처럼 간직한 채
세상물정 모르는 공포의 황제
불장난 지필까봐
긴장 끈 못 놓은 나라사랑 숨결들
삼천리금수강산이 하나 되는
오매불망 통일의 꿈
지하의 마그마처럼 끓어오르고 있다

3·8선 비가

귀를 쫑긋 세운
핏발 선 총구가
동족 심장을 겨누고 있는
녹슨 철조망 아래는
청춘의 꿈 피우지 못한
하얀 뼛조각들
여기저기 흩어져있다
여태껏
비목 없는 이국땅에서
잠들지 못한 채
귀향을 소망한 영혼
해마다
봄 오는 언덕 아래
풀꽃으로 피어나
피울음을 토해낸다

이산가족

포성이 주야를 넘나들며
하늘 모서리마다 구멍 내고

허기와 공포의 엄습으로
생사를 넘나드는 피난길

어느덧 반세기 넘어 선
이산가족의 깊어진 아픔

손에 잡힐 듯한 고향산천이
하늘보다 더욱 멀기만 하다

이제 생에 노을빛 드리워지면서
아슴아슴한 기억마저 지워간다

탈북민의 기도

북녘 땅에서도
주체사상에
흔들리지 않고
사선 넘어 온 풀꽃들
뒤늦게
눈이 뜨이고
귀 열리며
말문 열린 자유인
남쪽 민주의 향기
고향에 보내면서
남북통일이 어서 오길
간절한 기도로
하루의 문을 연다

자화상 1

어정세월은
생명 줄기를
야금야금 잘라낸다
어느덧 삶의 *끄트머리*
기죽고 얼빠진 껍데기
기억도 아슴아슴
시력도 가물가물
달팽이관도 제 기능을 잃고
깊이 팬 주름 골마다
시간의 흔적이 수북이 쌓였다
거울에 비쳐진 내 몰골이
영락없는 괴물처럼 둔갑해 있다

자화상 2

어쩌다가
행운 한줄기 잡으면
승자처럼 으쓱대다가도
뜬금없이 끼어 든
불운의 한 조각에
어깨 처진 패자
그래서
한치 앞 모른 세상사
어느 것이
복되고 화된 줄
알지 못한 왕바보

섬 동백꽃

다소곳한 미소 띤
섬 색시처럼

주홍빛 댕기 매고
초록치마 두르고서

홀로 순결 지키며
눈보라 비바람 속 인고의 세월

애타는 기다림의
그리운 임께서

어디쯤 오시는지
살포시 목 줄기를 내밀다가

꽃샘바람 한줄기에
참수당한 죄 없는 가련한 여인이여

코스모스의 꿈

동구 밖 길섶 코스모스 가족이
행복한 꿈을 꾸고 살았다
동심들은 무심코 꽃 목을 꺾는다
그때마다 코스모스가
늘 불안에 떨고 슬픔에 젖어
안전지대로 이주할 생각뿐이다

어느 날 농사일 가는
농부의 바짓가랑이 붙들었다
논두렁에 이르러 손을 놓친 씨앗은
그곳서 찬바람 불고 하얀 눈 내려도
작은 소망으로 참고 견뎠다

봄비에 새 눈을 틔워 슬며시 발을
세상 바깥으로 내밀다가
황소개구리에 짓밟혀 상처를 입고
내내 신열에 시달렸다

꽃이 피고지고 잠 설친 열대야도 사라지고
벼이삭 알알이 여물어간 가을이 살포시 찾아왔다
코스모스는 곱다랗게 치장한 주모처럼 한들거리며
헤프게 함박웃음 날릴 때

지난해 신세졌던 농부가 다가와
바로 옆에 덜썩 주저앉더니
올해도 쌀값이 똥값이라고 중얼대며
담배 한 대를 꺼내어 입가에 물었다

제6부

누이의 귀촌

잿빛도시의 먼지마저 털어 내고
충북 영동군 학산 골에
노년에 둥지 튼 둘째 누이가
매연 없고 공기 맑은 곳서
60줄기 삶을 신혼처럼
행복한 일상을 일군다
그래서 종종
영등포서 무궁화호 타고
그곳을 찾아간다
파란하늘이 잡힐 듯한
산정에 올라 새소리도 듣고
물너울 뒤척이는 금강에 나가
다슬기와 송사리를 잡으며
과거에로의 시간여행을 즐긴다
더 머물고 싶지만
괜히 매제의 눈빛이 가시처럼 찔러와
인천에 간다며 화들짝 배낭을 둘러멘다

노년기 회상

1

내리막길이 되레 숨이 차다
70개 나이테의 동심원
회한과 슬픈 흔적들이 배어있다
그래서일까
나를 노인이라 부른다

2

청춘시절 되돌아보면
천신만고 끝에 얻은 평생직장에서
피땀 흘린 대가로 팀장쯤으로
신분 상승했지만 그 위에 날을 세운
아들 또래 새파란 상사
그 앞에 굽히지 못한 자존심과 성깔로
늘 미운오리새끼가 되었지

3

하루에도 몇 번씩 뛰쳐나오고 싶은
생각이 굴뚝같았지만
한줄기에 주렁주렁 매달린 식솔을
굶기지 않으려 이를 깨물면서
마음속 뒤집기를 일상처럼 하다가
끝내 명퇴서 던지고 뛰쳐나오니
새 깃처럼 가볍고 자유날개다

4

한치 앞도 모른 세상사
여명 헤집고 찾아 온 조간신문서
시대의 흐름을 엿보면서 아침을 연다
늘그막에 넉넉한 여유로 풍류랑처럼
책 보고 글 지으면서 소일하니
권력도 재벌도 부러울 게 하나도 없다
내가 알게 모르게 황제가 되었다

이장 완장

"동민 여러분!
밤새 안녕히 주무셨습니까"
어릴 적 돌대가리로 놀림 받던 이장이
이른 아침부터 마이크를 잡고
피로에 젖은 마을을 깨운다
밤샘한 누렁이들도
긴 하품을 토해내며 이맛살을 접는다
그가 늘그막에 '순환제이장' 완장을 차더니
목 줄기 세우고 거드름을 떨었다
이래서 선량들이 정치권력을 거머쥐려고
예나 지금이나 박 터지게 싸우면서
민초들 얼을 빼고 눈을 속인 까닭을
뒤늦게 노루꼬리만큼 알게 되었다

소라껍질

억겁살의 갯바위에
소라는 둥지를 틀고
향긋한 해초향기에 취하고
하얀 파도소리를 들으며
청승맞게 한 곳만 머물다

청명한 어느 날
건너편 바위로
나들이 나서다
어부에게 발각되어
가마솥에 삶아진 뒤
해변에 껍데기만 버려졌다

썰물 민물에 씻기고 닳아
소복단장한 청상과수처럼
수평선 바라보고 있을 때
산책하던 시인의 눈에 띄어
혼을 불어 넣고 피를 돌게 하니
향기로운 시 한 수로 환생하였다

추모 글
– 김해김씨 사군감무공파 영령에 부쳐

하늘빛바다 열린 갈꽃섬
꽃향기 짙은 삼마리 동산

신령스런 기운이 서린
발복지에 유택 마련하여

조상영령 한데 모셔다
늘 추모의 정 피워 내리라

후손들 가슴마다
충효의 교훈 새겨주시고

세상의 바른길 걷게 한
은덕을 감사히 여기며

핏줄기 온기 나누면서
선대의 뜻 이어가리라

박정필 시의 관념서법(觀念敍法) 미학

제5시집 〈새봄의 햇살처럼〉

石蘭史 이수화
(펜 고문, 문협 부이사장, 한국문학비평가협회 명예회장)

박정필 시인의 시(詩)는 관념형상화방법(觀念形象化方法. Ideogammic Method)의 미학을 지향한다. 관념형상화방법은 달리 말해 관념서법이라고도 하는 바, 어떤 관념을 형태화해서 그것이 시의 미학을 형성하도록 하는 서술방식으로 다음과 같이 요약한다. 모더니즘 시학(現代詩學)의 선구자이고 지도자적이었던 에즈라 파운드(Ezra Pond, 1885~1972)는 '이미지스트'라는 말을 처음 만들어 쓴 장본인인데, 이미지란 지적 정적(知的情的) 복합체(複合體)를 한 순간에 제시(提示)한 것이다. 이것은 최대 걸작 앞에서 우리가 경험하는 돌연한 해방감, 시공(時空)의 제한으로부터의 자유감각(自由感覺), 돌연한 증대감(增大感)을 즉시에 제시하는 그러한 복합체의 표현이다. 파운드가 정의(定義)한 복합체로서의 '이미지'는 견고(堅固)하고 투명(透明)하며, 모호(模糊)하거나 막연하지 않는 시를 만드는 결정체인 것이다. 이것은 결국 지정합일(知情合

一)의 복합체인 바, 이 이미지의 개념에 불만을 품고 파운드는 사고(思考)와 감각(感覺)의 통합된 감수성을 지향하였다. 지적·정적 복합체인 이미지의 내적(內的)상태에 관념을 끌어들여, 그 자체가 생생하게 움직이는 소용돌이, 즉 와동상태(渦動狀態)로 형상한다. 이리하여 이미지의 증폭이 확대되고, 이미지스트가 주장한 규준에서 한걸음 더 전진하여(이미지즘에서 이탈하여) 사고와 감각이 통합된 감수성을 주장해 만든 것이 바로 관념형상화방법(觀念敍法)인 것이다. 엘리엇의 객관적 상관물(客觀的 相關物, Objectiver Correlative)은 이미지와 확연히 구별되는 것으로, 이 객관적 상관물이 감정(感情)을 예술 형식으로 표현하는 유일한 방법이다. 달리 말해서 객관적 상관물이란 정서(情緒)의 일정한 외형이 될 사물 사건을 말한다. 이와 같은 것들이 박정필 시에서는 이미지로 형성되고 여기서 소용돌이 상태가 점증되는 박시인의 창조적인 솜씨가 가해지면 지정복합체 관념형상화방법(觀念敍法)이 구체화되는 시인의 미학은 완결을 보게 되는 것이다.

내 상념 속에
고려 여인 혼령들이
노랑나비 떼처럼
훨훨 날아든다
속살 훤히 비친 강심은
천년세월을 침묵으로 흐른다
역사 뒤안길로

사라진 몽고 제국

그때 그 시절

한반도서 온 아낙네들

강가에 나와 목욕재계하고

둥근 달 뜬 강 언덕에서

애달픈 주문을 걸며 귀향소원 빌었지

여태껏

밤이 깊어갈수록 잠들지 못한 강

옛 원혼들 쏟아 낸 눈물이

전설의 야류강* 되어

남쪽으로 끝없이 흘러만 가고 있다

*야류강 : 내몽고 잘란둔시 북쪽에 위치하고 있는 강

〈야류강 1〉全文

한때 동북아시아에서 발흥한 몽골 제국 칭기즈칸과 그 아들들은 유럽의 피정복 여인들마저 짓밟고, 극동의 한반도 고려의 처녀들을 데려가 궁녀나 노예로 삼았다. 이런 여자들을 '공녀'라고 한다. 원나라는 혼인하지 않은 처녀를 보내라고 요구했다. 그러자 고려 왕실에서는 어쩔 수 없이 '결혼도감'이라는 관청을 설치해서 공녀를 뽑았다. 고려인들은 딸을 빼앗기지 않으려고 어린 나이에 서둘러 시집을 보냈다. 이처럼 고려 시대에 널리 퍼진 조혼 풍습은 조선 시대까지 이어졌다. 예시(例詩) 〈야류강 1〉에는 고려 여인들이 달밤의 야류강에서 귀향 소원을 빌었다는 애절한 사연이 점멸하고 있는 바, 이는 시인 박정필의 강고한 역사의식(민족 공동체적 피압박 비애가 토대한 저항 정신)의 관념과 민족공동체의 비애감을 반추해 그러한 비극적인 상황을 다시 반복할 수 없는 의지의 관념서법(관념형상화방법, Ideogrammic Method)을 통한 미학의 성취물이다. 예시의 객관적 상관물이 '야류강'이라 보면 이 야류강을 품은 옛 고려 여인 원혼들이 쏟아낸 눈물이 야류강이 되어 (후말 3행) 남쪽으로 (한반도 쪽) 끝없이 흘러만 가고 있다는 현재형 체언의 표상 이미저리는 시인 박정필의 강고한 민족적 비극 극복의지의 지적(知的)·정적(情的)·복합(複合) 정서가 한순간에 독자의 정서와도 합일하는 돌연한 감성의 해방감에 이르게 해준다고 하겠다. 관념서법의 미학이 전설처럼 끈끈하게 지정의 관념서법 수사학(레토릭, 修辭學) 솜씨라 하겠다.

다소곳한 미소 띤
섬 색시처럼

주홍빛 댕기매고
초록치마 두르고서

홀로 순결 지키며
눈보라 비바람 속 인고의 세월

애타는 기다림의
그리운 임께서

어디쯤 오시는지
살포시 목 줄기를 내밀다가

꽃샘바람 한줄기에
참수당한 죄 없는 가련한 여인이여

<섬 동백꽃> 全文

  예시(例詩)가 가지고 있는 관념(觀念)은 시 전반 3개 스탠자의 <섬 동백꽃>이 그 아름다운 자태로 인고의 세월을 기다리던 임 어디쯤 오시는지 살며시 목 줄기를 내밀다가 한줄기 꽃샘바람에 참수당한 여인처럼 목 줄기가 꺾이었다는 가련한 섬 동백꽃 처지를 형상화하고 있다. 객관적 상관물 <섬 동백꽃>의 1연~3연에 걸친 묘사는 생생한 모습 묘사에 모자람이 없고, 문제는 후말 2행 "꽃샘바람 한줄기에 / 참수당한 가련한 여인이여"에 있다. 섬 동백꽃과 참수당한 죄 없는 가련한 여인의 동일시가 불러일으키는 상징, 또는 은유의 유의(喩義)가 무엇인가 문제라는 것이다. 꽃샘바람에 참수당한 가련한 여인 같은 섬 동백꽃이라면 아무 문제될 것이 없다. 그렇지만 죄 없이 참수당한 가련한 '여인 = 섬 동백꽃'은 여전히 문제로 남는다. 여기에 시인 박정필의 관념서법(관념형상화

방법)의 문제가 대두된다. 제3연 "홀로 순결 지키며 / 눈보라 비바람 속 인고의 세월"을 여인 〈섬 동백꽃〉은 파계승처럼 파계한 (살포시 목 줄기를 내밀다가) 것이다. 그래서 가련한 여인(섬 동백꽃)이 되고만 것이다. 죄 없는(애가 타서 내다본 것이 무슨 죄란 말인가. 그러나 유가(儒家之道는 守節이란 미덕이 있으니)의 여인은 외간남과는 눈도 맞출 수 없는 금도가 있는 것이다. 그래서 예시의 후말 연 "꽃샘바람 한줄기에 / 참수당한 죄 없는 가련한 여인이여"가 되고 마는 것이다. 관념서법(관념형상화방법)의 산문(散文, 파운드는 시를 산문의 관념 서술처럼 이미지의 명확성을 기해야 한다고 주장했다)의 미학에 충실한 시인 박정필의 유가(儒家)의 전통의식이 내향적으로 현현(顯現)되고 있는 아름다운 가련미일 터이라.

섬마을 고향은
소름 돋아난
눈썹달 걸린 공동묘지

산기슭에 체온 끊인 옛집
볼품없는 민속품처럼
힘겹게 서 있다

속살 파헤친 옥토에
코끝을 쥐게 한 폐수가

독사처럼 기어가고

올챙이 잡던 냇가 메워
치패양식장* 지어놓고
황금알 쏟아낸 이색 지대

그리운 유년의 추억
뿌리째 뽑혀 나간 채
나는 이미 이방인이다

*稚貝養殖場 : 새끼 전복을 키우는 건물

〈섬마을 고향 1〉全文

예시 〈섬마을 고향 1〉은 박시인의 고향이다. 또 박시인에게
는 '고향은'이란 시가 있다. 그에게 고향은,

유년시절
추억의 보고(寶庫)

청년시절
부모의 안부편지

장년시절
그리움의 샘물

노인시절
영혼의 안식처

이 예시(例詩)처럼 우리에게 고향이란 유년, 청년. 장년, 노년 시절 따라 그 감성적인 시대감각이 다르기 마련이다. 예시에 따르면 유년시절에 경험한 고향은 지나놓고 보면 추억이 보물 창고처럼 그득히 쌓인 곳, 청년시절의 고향은 타향살이할 때 부모님께 영락없이 안부편지를 써 보내던 곳이며, 장년시절엔 아예 타지에 나가 살 때이니 고향에 대한 그리움이 샘솟듯 하고, 노년엔 수구초심이니 죽어서도 못 잊는 영혼이 돌아가 쉬일 곳임에 틀림없다.

이와 같은 박시인의 섬마을 고향은 섬마을답게 새끼 전복 양식장이 들어선 이색 지대가 되기는 했어도 눈썹달 걸린 공동묘지처럼 그리운 유년의 추억 따위는 뿌리째 뽑혀나간 곳이라 폐허나 다름없어졌다는 것이다. 박시인의 위와 리얼리티 여실한 관념서법의 텍스트들로부터 우리가 접하는 미학은 시적 아우라(Aura, 분위기. 느낌)는 그래도 "노년시절 영혼의 안식처"라는 그 유년, 청년, 장년시절을 겪어온 말할 수 없는 그리움의 정서, 그 가슴을 쓸어내리게 하는 아름다움의 눈물겨운 시간의 흐름이 아닐까. 박시인이 자꾸만 그곳에서, 눈에 보이지 않게 손짓하는 듯하다. 박시인만의 따사로운 향토애의 짙은 관념 서술의 마력 탓이 아닌가 한다. 실제로 박

시인의 고향은 유서 깊은 곳이다. 청해진 대사 장보고가 해
상왕의 기염을 토하던 고장이다. 〈장보고 숨결〉이란 텍스트
에는,

장보고 숨결

육지 한 자락 잘라내
크고 작게 토막 내어
쪽빛바다 곳곳에 뿌려졌다

그곳에 가면
짭조름한 해조류향기에
코끝이 벌름 거린다

아득한 옛적부터
무역선에 해산물 가득 채우고
조류 따라
별빛 쳐다보고 방향 헤아리며
해상 비단길을 열었던 무역왕 장보고

한줄기 바람이 멈춰서면
어깻죽지가 빠져나갈 듯
주야장천 노를 젓고

다시 바람이 불어오면
힘 모아 황포 돛 높이 올려
거센 파도 쪼개며
생사를 넘나 든 먼먼 항해

잉걸불처럼 달궈진 열정으로
풍요의 꿈 키우며
널따란 남해 해상권 거머쥐고
해적무리도 소탕하였다지

하지만
빛난 공도 아랑곳없이
조정의 강경파가 꾸민 음모에
팔랑귀 달린 신라왕이 보낸
자객 염장의 비수에
역사의 뒤안길로
사라진 큰 별 하나
천년세월 흐른 뒤
청해진 장보고의 후예들

조상의 빛난 얼을
불꽃처럼 밝혀두고
뼛속 깊이 박힌
허기의 가시를 뽑아내었지

풍성한 섬마을마다
술 향기에 흠씬 젖어 덩실덩실
어옹들 춤사위가 흥겹다

대낮에도 가로등이 뜬 눈으로 졸고
멋진 양옥집 마당에 고급차가 대기하며
방마다 지구촌 소식들이
온종일 봇물처럼 넘쳐나고 있다

〈장보고 숨결〉 全文

　그 옛날 해상왕 장보고의 천년 위훈을 가슴에 되새겨 보는 관념, 그 역사성의 교훈을 관념 형상화로 빚어내 저 앞서 파락한 고향 섬마을에서 가슴 아팠던 고향 마을의 또 다른 부흥 모습을 가슴에 풀어보는 다큐멘트(기록)성 서정시다. 이처럼 시의 미학이 9세기 호메로스에 이르러 자연미보다 인간 생활에 밀접 관계를 지니는 사물에 대한 미가 주된 관심사가 되어 용기와 명예심이 숭고미로 미학화되었다. 장보고의 용기와 명예심은 무미함이나 가련함을 뛰어넘어 우리에게 예시의 후반에 넘쳐나는 풍성함이 되기에 충분하다. 시인 박정필의 관념서법이 확보하는 위와 같은 용기와 명예심이 숭고미로 미학화를 성취하고 있기 때문이다. 그러나 장보고조차도 인간의 에고이즘 마각에는 어쩌지 못하는가. 오늘의 그

아픈 실상에 시인 박정필의 정의로운 필봉은 외면치 않는다.

아파트 이웃

아찔한 고층아파트
27층 공간에
둥지 튼 4세대

한편에
이순 부부 두 세대

다른 한편에
불혹 부부 두 세대

헐렁한 통로에
흐르는 차가운 냉기류

승강기서 마주쳐도 무심한 눈빛
조개 입처럼 굳게 닫힌 마음의 문

너는 너
나는 나
냉철한 에고이즘 대립각

오늘따라
고향땅 풀꽃향기가 더욱 그립다

〈아파트 이웃〉 全文

　콩알 한 개도 쪼개 나눠먹는다는 이웃 간 우애는 예시(例詩)로 보면 옛날이야기도 아니다. 앞서 시인의 고향 마을 파락보다 더 아픈 현실이 오늘의 도회지 아파트 에고이즘이다. 시인의 진정성의 시정신이 표상하고 있는 현상이기도 한다. 우리는 위와 같은 공동체 생활의 비인간화가 완화되기를 여망하는 인문학의 뼈아픈 반성과 그 성찰 끝의 휴머니즘 정신 발양이 더없이 고대되는 문학 현실이기도 하다. 제5시집《새봄의 햇살처럼》에 아로새겨지고 있는 몇 편의 피폐해진 고향 마을 이야기로 우리가 너무 가슴 아파할 건 없다. 예컨대 시인의 시 〈장보고 숨결〉과 같은 다큐멘트풍의 관념서법의 미학에 실린 우리 정신의 고양감(高揚感) 넘치는 시가 존재하고 있는 시집이기 때문이다. 더구나,

이어도 1

옛날 옛적 어느 날
한라산 봉우리서
튕겨 나간 살 점 하나
마라도 끝자락에 떨어져

제주사람들 가슴에
환상의 섬이 되었지
시공을 뛰어 넘어
우리의 높은 기술로
바다 속에서 끌어내어
숨결을 불어넣고
피를 돌게 하여
온 국민 명의로
한반도 남쪽 끝 수문장으로
임명장을 수여한다

〈이어도 1〉 全文

 예시(例詩)의 이어도라는 환상성(幻想性)에 "숨결을 불어 넣어 / 피를 돌게 한 것은 정신이다." 과학이든 인문이든 이어도라는 바위섬에 인간(한국인)이 깃들어 수호자가 될 수 있었던 그 정신의 위대성을 우리는 잊지 말아야 한다. 그 독수리의 눈처럼 밝고 날카로운 부리처럼 지혜로운 시인들은, 예부터 이데아(Idea)의 변증법 아래에서 종합하고, 이성적 세계와 감각적 세계의 모든 모순을 극복하려고 했다. 이데아의 변증법은 절대적 존재인 에이도스(Eidos)를 인식하려고 하는 정신의 적극적이며 능동적인 노력이다. 박정필 시의 관념서법이 이번 제5시집《새봄의 햇살처럼》에 형상화하고 있는 미학이 바로 그렇다는 바의 도달점은 사랑이다. 시인은 사랑(시인의)이 미를 향수(享受)하려고 하는 정신의 강렬한 파토스적(Pathos, 감정적 요소) 충동이며, 일종의 Mania라고도 할 만한 것이지만, 정신은 사랑에 인도되어 감각적 형태의 미로부터 출발하여 보다 높은 차원의 미를 추구하며, 존재의 단계를 올라가서 마침내 이데아 그 자체의 미를 봄(관조함)과 동시에 진리의 실체를 직관적으로 인식하는 데에 다르다는 것이다. 새봄의 햇살처럼……

2017년 12월
서울 삼개마루 수당헌에서 석란사 **이수화**

새봄의 햇살로 씻어낼 상실과 노스탤지어

호창수(서울대학교 국어교육과 석사)

박정필 시인의 다섯 번째 울림은 시를 읽는 우리에게 새봄의 햇살처럼 짙은 여운으로 다가온다. 박시인은 시란 무엇인지, 시인이란 어떤 존재여야 하는지 치열하게 고민하는 모습을 보여주는데, 그의 이야기는 〈가을 편지〉 속의 아련함이 불러일으킨 '그리움의 신열'과 함께 시작된다.

깊은 사유와 기억의 습작 행위로 빚어지는 그의 '시 쓰기'는 점차 나를 둘러싼 타인에 대한 귀 기울임으로 바뀌며, 이는 기억이 형상화한 어머니와 누이, 이웃과 고향의 존재들과 대화하는 모습으로 확장된다. E. 레비나스는 타자의 윤리학을 강조하며 "대화 속에서 타인에게 접근한다는 것은 타인의 표현에서 간취하는 관념을, 자아의 능력을 받아들이는 것"이라 정의한다. 이를 돌이켜 보았을 때 시인이 펼치고 있는 기억 속 존재들과의 대화야말로 타자에게서 '나'를 받아들이는 과정이라 볼 수 있겠는데, 그들을 보며 나를 성찰하고('자화상 1, 2'), 대한민국이라는 시인이 사는 공간에 대한 총체적인 조망으로 이루어지는 것('한반도의 현주소')이다.

박시인의 타자에 대한 귀 기울임이 현실 세계를 향하게 되는 계기는 〈섬마을 고향〉 연작에서 비롯된다고 보인다. 이미 낯선 곳('고향 3')이 되어버린 그곳이 주는 상실감, 순백 같은 천심들이 사라져버린('고향 6'), 그야말로 다른 곳이 되어버린 남단의 섬마을이 시인에게 진한 '그리움의 신열', 즉 '노스탤지어'로 응어리진 것이다. "과거와 현재가 동시에 아로새겨진 지금이라는 시간(Jetztzeit)은 타자와의 차이, 과거와의 어긋남에서 비롯되지만, 이를 끌어안고 하나의 커다란 완성을 이룸으로써 극복될 수 있다"라는 W. 벤야민의 말처럼 시인을 속박하던 노스탤지어는 4부와 5부에서 여러 이슈와 사태에 대한 성토로 이루어진, 현시대에 대한 해석 행위와 함께 승화된 것으로 보인다.

마지막으로 박시인의 시들을 차분히 읽어나가다 보면, 박시인에게서 문득 솟아난 과거에 대한 그리움, 그리운 것에 대한 상실이 준 이질감이 곧 타자에 대한 이해로 확장되고, 이를 넘어 타자로 이루어진 현실 세계에 대한 해석으로 나아가는 과정을 고스란히 느낄 수 있다. 이러한 고민 속에서 시인은 시 세계의 확장을 경험하고 있는 것은 아닐는지 물음을 던져본다.